Luigi Trucillo

Navicelle

Parco Margherita, 33 - 80131 Napoli
Tel. / fax (081) 413269

Progetto grafico di Andrea Branzi

ISBN 88-85414-18-4

Indice

Prefazione

1. Nel 1942, Rolf Stein, il più brillante allievo di Granet, dedicò alla memoria del maestro, scomparso due anni prima, un saggio che resta forse ancor oggi il suo capolavoro: *Jardins en miniature d'extrême orient.* Si tratta di quei vasi o bacinelle di ceramica, di pietra o altro materiale che i cinesi chiamano *p'en-king,* "paesaggi in una bacinella", e che ci sono oggi divenuti familiari grazie ai *bonsai* giapponesi (*bonsai* significa "pietre in un vaso" e implica sempre un intero paesaggio). Attraverso una paziente tecnica di riduzione (delle radici, del suolo, del nutrimento) e di rallentamento della circolazione della linfa, pini, aceri, persino alberi da frutta (ma anche fiori: crisantemi, iris, narcisi) vengono perfettamente miniaturizzati per la delizia degli orientali, che li collocano in quantità nei cortili o negli interni delle loro case e perfino nei templi. L'essenziale è che, pur così nanificati, gli alberi devono dare i loro frutti e i fiori, a tempo opportuno, sbocciare: ridotta non è soltanto una pianta o una roccia, ma un'intera sezione del cosmo (di qui il titolo *Le monde en petit,* sotto il quale Stein ripubblicò qualche anno fa, insieme ad altri, il suo studio del '42).

Come sempre, però, ciò che interessa in modo particolare lo studioso non sono tanto le cose o le opere in se stesse, quanto la funzione che svolgono nella vita degli uomini. I giardini in miniatura non sono soltanto uno svago estetico: in origine essi rivestivano poteri e significati che Stein non si stanca di ricostruire attraverso uno spoglio minuzioso delle fonti. Magici, innanzitutto: negativi (scacciare i malefici) e positivi (conservare la giovinezza e procurare lunga vita). La funzione più caratteristica dei giardini in miniatura (e, in generale, del mondo rimpicciolito) è, però, un'altra. Al pensiero buddista è familiare la formula secondo cui "il mondo è contenuto in un granello di polvere". Un antico *sutra* afferma che l'illuminato può fare entrare in un grano di senape tutto il monte Sumeru e i quattro oceani in un poro della sua pelle (come anche contrarre in una settimana un'era di diecimila anni). L'oggetto rimpiccolito, tuttavia, pur restando identico, si allontana dalla realtà e si sposta in un altro universo. Esso diventa – e questa è la speciale magia del piccolo – la porta attraverso cui la vita reale evade in un mondo più perfetto. "Hiuan Kiai" racconta una storia taoista tradotta da Stein "voleva far ritorno al mare orientale e chiese insistentemente all'imperatore il permesso di partire. Ma questi rifiutò. Nel palazzo imperiale, c'era una piccola scultura in legno che rappresentava le tre montagne nel mare (le isole dei beati, P'eng-lai, Fang-tchang e Ying-tcheou). Era tutta dipinta, e adorna di perle e giade. Il giorno dell'anno nuovo, l'imperatore andò a contemplarla in compagnia di Hiuan Kiai. Mostrandogli col dito l'isola di P'eng-lai, mormorò: 'Nessuno, tranne un immortale, potrebbe raggiungere quell'isola'. Hiuan Kiai rispose ridendo: 'Queste tre isole misurano poco più di un piede. Nessuno può pretendere che siano difficili da raggiungere. I miei poteri sono limitati, ma andrò a farvi un giretto per conto di Vostra Maestà, per osservarvi la bellezza e la bruttezza degli esseri e delle apparizioni'. Improvvisamente spiccò un salto e cominciò a rimpicciolire. Traversò le porte d'oro e d'argento. Ebbero un bel chiamarlo, non lo si vide mai più".

2. I testi qui raccolti appartengono a una tradizione di questo genere. Che non è soltanto cinese. E' noto con quanta emozione Benjamin contemplasse, nelle vetrine del museo ebraico di Cluny, un grano di riso su cui un ignoto copista aveva trascritto l'intera Thorà. Ci si può chiedere se la Legge così rimpiccolita non fosse per lui un'immagine di quel regno messianico (anch'esso "simile a un grano di senape") che ne segna il compimento. Furio Jesi, nella sua lettura del *Bateau ivre,* ha notato come Rimbaud affidi a immagini di rimpicciolimento la sua intenzione più estrema (l'oceano diventa "pozzanghera", il battello ebro la barchetta giocattolo di un bambino). E, in un certo senso, ogni opera d'arte è miniatura e abbreviazione, ogni opera autentica, indipendentemente dalle sue dimensioni reali, compendia e trasfigura nel suo granello di senape un universo. La brevità di un'opera va, pertanto, commisurata alla sua capacità di accorciare e non alla sua mole effettiva. Lunghissime sono quelle opere (oggi così frequenti) che, pur di piccole dimensioni, non hanno alcun mondo da abbreviare. In senso opposto, un giovane studioso, che lavora da anni a un trattato sulla brevità, sostiene a ragione che, rispetto a ciò che doveva abbreviare, la *Recherche* è estremamente corta. L'essenziale non è tanto che i testi di Trucillo siano di fatto brevissimi, quanto, piuttosto, che anche in essi sia all'opera una forza abbreviativa ("breve" scrive l'autore "è ciò che, staccato, rivela

una lunghezza"). Il proprio di questa forza è di raggiungere una zona di indiscernibilità rispetto alla vita. In un poema *fu* (citato da Stein), questa indeterminazione fra realtà e finzione è espressa nell'immagine di un bonzo che, contemplando un giardino in miniatura che finge un laghetto, vi solleva delle onde col suo respiro.

La brevità è la porta stretta attraverso cui vita e scrittura transitano l'una nell'altra. Di qui lo statuto particolare di questi testi, in cui è impossibile separare la paglia della vita dal grano della scrittura. Essi sono le punte di capello, "su cui innumerevoli Buddha fanno girare la ruota della Legge". In *Wanderer*, le note corsive in cui il viaggio è stato miniaturizzato diventano così esse stesse il viaggio. Invano vi si cercherebbe l'eco o l'impronta di un'esperienza vissuta: come la montagna in miniatura per Hiuan Kiai, esse sono il varco che l'autore ha infilato di corsa per mettersi in viaggio. Al loro margine, restano le vite che, avverte un aforisma, "vengono consultate come note".

3. Uno dei problemi più affascinanti della filosofia medievale è quello delle grandezze intensive, delle forme che crescono o diminuiscono. Fino a che punto una forma può essere accresciuta o ridotta senza perdere la sua identità? Non vi è, forse, tra forma e dimensione una relazione necessaria, per cui, superato un certo limite, la forma trapassa in qualcos'altro? Un problema del genere è stato ripreso ai nostri giorni da Kohr e Schumacher per mostrare che una certa forma (per esempio, un topolino) può esistere solo in determinate dimensioni, al di là delle quali non può più adempiere alle sua funzioni vitali ("piccolo è bello"). Ciò vale non solo per le forme naturali, ma anche per quelle artistico-letterarie. Un sonetto cui si

aggiungano tre versi è ancora un sonetto (sonetto caudato); eccezionalmente esso può perfino moltiplicarsi per due (il cosiddetto sonetto raddoppiato): vi è, però, un limite oltre il quale il sonetto (che nasce esso stesso come una contrazione della canzone) non sarà più riconosciuto come tale. Così si può dire che un saggio, ridotto oltre un certo punto, si trasforma in aforisma: i monostici che formano il *Diario dell'istante* saranno allora aforismi abbreviati, abbreviazioni di un'abbreviazione ("chi lotta con l'aforisma" scrive Trucillo "tira alla bocca una coperta che deve restare troppo corta"). In ogni caso, essenziale è lo scarto tra le due forme, la soglia in cui una forma perde la sua natura ma non è ancora transustanziata in altro. Questo scarto è il luogo della memoria. In un passo decisivo del suo testo più denso (la digressione filosofica della settima lettera), Platone nega che si possa mettere per scritto la cosa stessa allo scopo di ricordarla: "non c'è da temere" egli scrive "che qualcuno la dimentichi, perché riposa nelle cose più brevi". Occorre evitare la *lectio facilior* secondo la quale il filosofo intenderebbe qui che la cosa di cui sta parlando è indimenticabile perché consiste in formule brevissime. L'Atene di Platone, in bilico tra oralità e scrittura, era ancora la città nelle cui piazze i rapsodi ripetevano a memoria senza difficoltà i poemi omerici e la lunghezza non era certo considerata un ostacolo alla memorabilità di un testo.

La brevità che è qui in questione non è un carattere di ciò che deve essere ricordato: è, piuttosto, la forma stessa della memoria. Essa riposa in un piccolo scarto tra il tramandato e il ricordo, che rende memorabile il ricordato. In questo scarto, la cosa da ricordare si accorcia pur restando se stessa, e può, così, *nuovamente* avvenire alla coscienza. *Haiku* o monostici, i testi di Trucillo sono la traccia di questa sconnessione, ricordi che portano ossessivamente alla memoria la loro stessa memorabilità. Come recita il più metafisico dei suoi apoftegmi: “nell’aforisma solo il verbo essere non si restringe”.

Giorgio Agamben

Navicelle

Come premessa

Giacobbe e l'angelo lottano,
ma sotto i colpi
gli si stacca il nome.

WANDERER

L'istante

Si stacca dalla banchina
prima che il verso
scenda

Napoli, molo di Mergellina

Celeste la dieta
di chi impara
a cibarsi di mare
come un'alga

Palermo, bambino che sbeffeggia

L'asprezza
di una mora
su un fiocco
di bambagia

Direzioni

Dappertutto,
come un esilio
aperto

Fortunale

Lampo
del caso,
sfrigolante come una rosa
piovana

Napoli, vecchio pensionato

Nel tumulto di un tram
carezzava le tempie
alla svagatezza

Costa del Connemara, Irlanda

Un'arteria di muschio eleva il sangue
fino a delle Pleiadi pazze di desideri
e di salsedine.
Per chi ama ottobre
finché il rimpianto non toccherà
l'acqua, il cielo bruno s'ubriacherà
di Guinness.

Donna dall'ortolano

Nel folto dell'aria
la sua espressione incerta
e il rosmarino
profumano
come un unico
mestiere

Avanzamento

Nuvole,
come un esempio di passi
ventosi

Val d'Ultimo, torrente

Tutto ciò che scorre
accostò l'orecchio
alla fonte

Stampa, scultore al finestrino di una corriera

Fra il prima e il poi
sostò in un viso
pieno di fiocchi di neve

Lo straniero

Un favo trasparente
carico di api
e miele

Vienna, giardini dello Steinhof

Preziosa è l'immagine
di un cane
quando dei denti
azzannano

Jaipur, monaco su un torrione

Cercava con lo sguardo
il giaciglio dei venti,
là dove si deposita
l'intuito

Bandiere

O le code che il cuore
agita
alle celie del vento

Figura carpita

Nell'afa diurna
com'è lieve
la consapevolezza
della porcellana

Lisbona, luce acquamarina

A colpi d'aria
versò la grana
del cielo

Kyoto, timidezza di un Haiku

Mostrava la sua lingua
di brina
col fiato sospeso
dal gesto

La gang della sineddoche

Una parte per il tutto,
e il resto per l'omertà
del niente

Il parco dei palloncini

Sulle panchine al gelo,
quando anche il fiato è un vapore,
frullano troppo in alto le idee
per non essere d'elio

Dalla Cina

I
Aereoporto, alba

Piumare l'aria
d'azzurro,
come uno sbuffo d'oppio
della storia

II
Favola, Pechino

Lepre di giada
nella luna
mescola l'elisir immortale
con Marx

III
Insonnia, Pechino

Notte. Ma dal mio foglio
stilla
il riverbero dei loti

IV
Xian, catapecchie

L'unico occhio dei bambini
oggi mi guarda
blu

V
Xian, foresta delle stele

L'immagine di un gigante
che intinge la memoria
nel basalto:
e il libro diventa stele

VI
Dazu, tempio

Budda dalle mille mani.
Ed il mio sesso
come un granello di senape

VII
Un miliardo di Cinesi

Ed un pigro
con l'abaco

VIII
Grande muraglia, Pechino

Pudore e gentilezza
diventeranno pietra

IX
Canton, porto di notte

Soffiando
dovrò imparare a spegnere
le giunche

X
Pensando a Mao

Porgo la ciotola:
il mio ideogramma
è spento

Heimat

Soffio
d'embrione,
la mia Atlantide
in punta di piedi

LACRIMAE RERUM

Lacrimae rerum

I

I miei ciarpami son simili a papille
che sorbono il cianuro profumato
del consueto, domestiche sibille
che abbozzano il consumarsi del mio fato

II
La pinza

In mezzo alla matassa dei possibili
le cose salvaguardano la mente,
la pinza con cui armeggio tra i fusibili
mi isola dalla minaccia trascendente

III
Il frigorifero

Sbiancato come l'algido feticcio
del convitato di pietra degli amati
gironzola di notte a suo capriccio
tra i vicoli dei silenzi assiderati

IV
I cerini

Le fiammelle evocate dallo zolfo
hanno l'aroma antico dei Penati:
chi le accende ricerca come Astolfo
il pensiero sfumato nei traslati

V
L'armadio (a muro)

Quale savana vi avverto scalpitare
gli oggetti braccati dal ricordo,
ma ai miei safari scampano, somare,
le ore ormai saltate fuori bordo

VI
Il campanello

Come un cardillo potrebbe la mia sorte
sfociare in una nota acquamarina,
ma aprono troppo spesso quelle porte
un buco nell'acqua cittadina...

VII
Lo shaker

Agli atomi che paralizzano i costumi
di una dimora versata nei ritardi
si mescola lo spostamento dei volumi
che spiffera tra le bottiglie di Morandi

VIII
La saponetta

Profuma di bucato e timidezza
il senso del futuro che alla stretta
delle mia dita ansiose di certezza
sguscia ad un passo, come una saponetta

IX
Il leggio

O pentagramma che uno stonato clarinetto
strapazza con il motivo dei miei Lari!
La solitudine è uno spartito malerbetto
che replica all'infinito i suoi scenari

X
La caffettiera

Le ubbie di cui ero così ricco
ribollono sul fornello del mestiere
per distillarmi come un alambicco
le nere voglie che destano il piacere

XI
Lo sgocciolio del rubinetto

Sarà ascrivibile a una qualche scienza
la liturgia che scandisce ogni mio istante?
Ad ogni pausa di questa intermittenza
io scopro l'avidità del rabdomante

XII
Il parato

Le cianfrusaglie che velarono il mio sguardo
erano macchie trasudate nel parato,
dolci secreti di chi sancì a stendardo
i reumatismi di un improbabile passato.

A SPASSO COL FANTASMA

"Io non posso fuggir, ch'ella non vegna
ne l'imagine mia,
se non come il penser che la vi mena."

Dante

Cavatina

Per quanto bruci d'assenza la figura
che enormemente preme alla pupilla
stilla soave una promessa di delizia
sgattaiolata oltre la cruna delle ciglia

L'incontro

Leggera e magra: sì, la sua sciarpetta
la trasportava via, come una vela
che balenasse in fondo a un auditorium
(divenne lì la mia bussola randagia)

A spasso col fantasma

I

Bicicletta, coscia, dolce uvetta
di una goccia di sole sulle labbra,
e in questi schizzi che si urtano passando
sono sempre alla ricerca del blu

II

Esito, gironzolo un po' intorno
al mio passato che trabocca in capolino,
poi scivolo in un profumo di mughetto
e cado innamorato (alla francese)

III

Spettro, mio viaggio al femminile
che popoli tutti i mercati del cuore,
questa mattina sul carretto ti ho trovato
coi riccioli più scuri, ancora acerbi

IV

Ti ho talmente pensata oggi sul treno
da riempire il vagone d'immagini di te:
sapessi con quanta stizza il controllore
mi ha ingiunto di sgomberare i posti!

V

Non ti arrabbiare se stamane al ristorante
col coltellino ti ho sbucciato il polso,
ero curioso su quel che disse Carlo,
che dalla polpa tua sgorgava il sole

VI

Della pasticceria poi dirò agli amici
senza pietà per il tuo latteo sbrodolarti,
ma dimmi, la luce frigida del neon
me l'hai schermata con grazia o con la crema?

VII

È tra gli scogli, dove l'onda che barbaglia
ti reca in dote la salsedine che sfina
che tu, invisibile nel tuo bikini rosa,
come un'arsella mi dischiudi il mai

VIII

D'altronde appari talmente di sfuggita
da essere ritardo, partenza o bollicina
che fluttua ovale lungo una stazione
(al buio ti attendo come un binario in ozio)

IX

E forse il fantasma è un cenno di vecchiaia,
un'eco bianca simile a un fagotto
che impallidisce all'America che avanza,
ma senza il trucco in cui ululi: non posso

NAVICELLE

Navicelle

I

Ogni poeta è una navicella
di carta ubriaca sulla Senna,
la più leggera e chiara, rondinella,
mi sembra che si chiami: Sandro Penna

“Scrivere impedisce
di sognare”

II

Non si capiva, ricercando un nuovo mondo,
se Henri Michaux fosse una barca od una rana:
negando infatti che il suo globo fosse tondo
saltabeccava fuori e dentro la fontana

III

Quella barchetta che sembrava petroliera
era stivata di un inchiostro molto raro;
d'Apollinaire batteva la bandiera,
fuori era chiara, e dentro un calamaro

IV

Come poeta di una città marina
la scia di poppa ebbe candida di sale
e solitudine, la brezza come spina
spinse Caproni lontano sul canale

V

Nella mia flottiglia in bacinella
la citazione poteva mai mancare?
Perdoni questa sua goffa sorella
chi varò Sbarbaro a sciogliersi nel mare

VI

Era un tre alberi o una foresta intera
quello che Esenin portava dentro il viso?
Aghi di pino scendevano ogni sera
sulla sua pozza, pungevano il sorriso

VII

Con gorgoglio profondo era affondata
di Paul Celan la barca in un marasma;
dicono che nelle notti oscure la fregata
nuoti subacquea con passo di fantasma

VIII

Verlaine in un'azzurrissima pozzanghera
virò con eleganza profumata;
echi di pioggia, sgocciando sulla zattera,
sdoppiarono la sua sagoma velata

IX

Avrei voluto ritagliare per me
l'ultima navicella colorata,
ma avevo fatto i conti senza il re,
la carta era scadente, ed è affondata

DIARIO DELL'ISTANTE

"Apriti, chicco di Sesamo!" grida il getto poetico davanti alle porte dell'abbreviazione

La violenza è necessaria a chi scrive per districare le parole da tutto ciò che ha letto

Nell'intuito gli oggetti affiorano da una fulminea risacca

Attraverso le sensazioni scorrono le cesure del linguaggio

La fantasia trasforma le proprie ascendenze letterarie in animali parlanti

Le Muse orchestrano nell'amore l'inizio che non hanno accordato

Di notte, quando la memoria diventa la spuma dei corpi

Chi tocca le immagini diventa sguardo

I singoli elementi non sono mai pragmatici

Bisogna aiutare le parole a evadere dalla prima stesura

A furia di scavare dentro se stesso affiorò all'esterno

Pensando alle nazioni, guardava ai luoghi come a un'anomalia del movimento

Ogni teoria contempla una moltitudine di assassinii invisibili

La grazia concede un tocco incompiuto

L'io lirico deve imparare a muoversi

Mentre cade, la neve sembra sempre precipitarsi a un appuntamento con l'infanzia

Ciò che alla fine resta sulla pagina dovrebbe apparire naturale come un avvento immobile

Bisogna convincere le parole a ricercarci lungo le pause

Il getto poetico ha un'andatura e un tragitto

La dolcezza dell'orto mattutino gli fece affiorare una voglia di fragola sulla guancia

Un uomo le cui frasi si dibattono dentro il libero arbitrio

Proprio come il soldatino di stagno stai bruciando le tue idee dentro una fiammata per amore di una danzatrice di carta

Ci si imbatte in esistenze che si fermano ai titoli

L'intimismo è il decorso finale del massimalismo

Percepiva un salario di sensazioni

Fin dove arrivano le idee? Ne scorgiamo la catena, ma non sempre il collare

Che pallida madre è la dolcezza!

D'estate i nomi allentano la presa

Lo choc incassa un colpo mai arrivato

Gli scrittori esaudiscono il dove con una disorientata perfezione

Per capire ancora meglio un personaggio dobbiamo aspettare che ci scordi

Dopo averci sbirciato, i ricordi passano oltre

Trovò scampo e lo schiaffeggiò

Come tutti gli altri personaggi delle favole i nomi devono incantare una funzione

I momenti giusti vagano come una dimora scontrosa

Da una penombra i personaggi letterari ci indicano che "sempre" è ora

Di notte, quando chi scarta ridiventa Aiace

I taciturni sembrano sommessamente insediati nel superlativo

Coloro che si sforzano di non farsi comprendere sprofondano nella superficie

La lingua rassetta una camera vuota

Alcuni resistono aggrappati all'orlo dell'immaginazione

Le parole si dissetano nella propria latenza

Il gusto del pubblico rimane un segreto. Come la sua solitudine

Nei buoni libri il divenire delle pagine aizza l'ignoto che le insegue

I dettagli sono più vicini a ciò che va perduto

Gli aforismi sono il monoteismo degli esuli

Per punizione chiuse le sue risposte nello sgabuzzino dei dubbi

"Adeguarsi", cioè adattarsi all'Ade

Nelle cosiddette frasi rotonde turbinano mille angoli imprevisti

I precursori incarnano l'insoddisfazione dei posteri

I nessi inventano la propria occasione come degli adolescenti

L'aspirazione all'assoluto può rovinare un pomeriggio

Ami le illuminazioni che scoprono la spalla di Sigfrido

Capitolare è la resa dello scrittore al proprio testo

La metonimia gode di amnesie

Spesso i protagonisti di un romanzo si smarriscono nella necessità del proprio compito

L'io come coazione a riempire

Era stato convocato dalla frase in seduta plenaria

Con un colpo di grazia uccise la poesia

Certi poeti sembrano un tic delle Muse

La metonimia traduce lo spazio nel linguaggio sbadatamente

Nell'allusione scorre una linfa migratoria

In ogni grande opera c'è un lampo in cui il riconciliarsi degli attimi fa giustizia dei propri personaggi

L'omissione porta a galla la densità

L'arco di un secondo scocca molte frecce

Concedeva volentieri asilo ai fuoriusciti di un argomento

Taluni parlano per potersi ignorare

Le frasi vere nascono già apocrife

Il talento è un furto di natura

L'evoluzione è l'unica sete sia orizzontale che verticale

Certe teorie che viziano il fulgore ricordano la strega di Hänsel e Grethel

L'incostanza accosta quanto allontana

Nelle buone rappresentazioni fremono delle trattenute partenze

La brevità dell'aforisma arriva accanto all'inizio

I capolavori attivano un'ipnosi latente

"Uno svitato". Ma da quali spire?

Di notte, quando la lingua abbraccia a bordo pagina le parole adolescenti rientrate dall'isola che non c'è

Chi immagina torna al senso di partenza

La parola attua una pulsione obiettiva

Il sonno ci spinge in tutto ciò che esiste accanto

"Tradire", ovvero intercalare

Passeggiava con dolcezza, tributando onori divini all'impercettibile

Il narcisismo dei poeti somiglia a una libera uscita

A ogni nuova lettura la pagina ritocca ciò che era

L'ispirazione coglie il tempo in flagrante

Le frasi brevi viaggiano con l'intensità di scorta

Di notte, quando per amore di Ulisse l'opera sfila quel che di giorno ha immaginato

Visionario è chi accede ai propri sensi

Ogni mattina, per evacuare il mondo e scrivere bisogna apprendere la sua lentezza

Le tue antenne cozzano contro le volte dei sistemi

Pensò che la brevità non era condannata a essere apodittica

La densità ha risultati retroattivi

Si diventa veramente sconosciuti davanti al frastuono degli esempi

Attimo per attimo, in arte il movimento crea l'equilibrio verso cui è indirizzato

Di notte, quando il pensiero segue i dettati dell'aria come un apostolo

Gli spunti irradiano un tragitto materno

Un uomo dimenticato nell'attualità

Tropi e dei sfociano nelle metamorfosi

Vivificare la realtà con la luce della lontananza conduce all'opera

È necessario alleviare al pathos il cammino verso le piccole cose

Come dondola la continuità del tempo!

I rapporti tra clima e pensiero: un'area condizionata

La parola che corre tra l'istante e l'aforisma insegue i mutamenti della forma

Quando si scrive la resa estetica è soltanto un armistizio

Le sue contraddizioni erano stanche di lui

La sineddoche pullula di presenze invisibili

Hai un debito con lo sprigionarsi dell'acqua

I tuoi occhi non distinguono, sommano

A volte il cielo avanza fuori dalla coreografia

L'originalità è di transito

Nell'istante dell'opera il ritmo ci ospita nel nostro porto fluente

La vena artistica pulsa nel tramite delle emorragie

Prima di morire volle abbracciare tutti i suoi modelli sbagliati

Il kitsch ha bisogno della storia

Uno stile tumultuoso come un assente in piena

La parola giusta è come un rintocco

Il piacere che riposa in se stesso ti sorride sempre

L'intuizione usa la rapidità come una sonda

Quando un libro comincia non ha fine

L'istante zampilla ai bordi di un esilio

Se non viene educata l'esitazione iniziale del testo diventa il suo carattere

Il presente abbandonato alle soglie dell'opera diventa un cavallo di Troia

Per quanto si affrettino le ipotesi risultano sempre anacronistiche

Un doppio senso non permette soste

Porgeva le proprie faccende come una folata di allodole

Non si può sezionare il mondo senza essersi assicurati che sia morto

I metronotte sanno che il buio è fatto di centimetri

Quando scrivi ciò che avviene diventa

Le colpe sanno molte cose, ma il vizio ne sa una grande

Senza sapere dove l'avesse perso, trovò diletto nell'altro

Passò il dolore, e lui si strinse al petto i suoi rumori giornalieri

I poeti anticipano ciò che è soltanto raggiungibile

L'intuito è più rapido del proprio oggetto

La lingua batte dove la mente duole

Nel tuo sangue le sfumature svettano come frammenti

Gli anagrammi denudano un re in esilio

Qui, il tuo esule combinatorio

Il senso critico arriva sempre sesto

La sintesi è fatta di respiri ascendenti

Allontanandosi a stento dalle pagine le sfumature trasformano il proprio esilio in una scia

"Oggi" ha un suono aperto, sembra quasi possibile entrarvi

Un uomo che paga l'affitto alle proprie certezze

Ogni parola dovrebbe diventare una foto segnaletica

Il ritmo della creazione può essere partorito solo da se stesso

Il successo afferma chi è già avvenuto

Come prendere alla lettera un'epoca che confonde mandato e messaggero?

Per carenze di spazio la Storia smista nel passato i propri sudditi

Il totalitarismo è una somma priva di addendi

Un uomo che usa la leggerezza con i piedi di piombo

I maestri della virtù sono sempre analfabeti

Gli artisti sono le briciole di Pollicino tra gli anfratti dell'Opera

Chi va nel ricordo impara a zoppicare

La cronologia aveva trasformato la sua tenerezza, un tempo così grande, in un gatto bianco

Con le spalle alla malinconia le ipotesi artistiche arretrano a piccoli passi

Raggiungere la donna è già un ossimoro

Negli aforismi soltanto il verbo essere non si restringe

L'artista porta il contraccolpo alla luce

Le prede, questa categoria così postmoderna

Bisognerebbe essere così grati quando si viene raggiunti da un'affinità! Grati come il cane di Ulisse

Chi ha un incontro confida i propri segreti alla lunghezza d'onda

Il mimetismo è fin troppo pertinente

I nomi sturano una corrente radiosa

Amava la nervatura degli attimi, così sensibile da divenire dolorosa

E' impossibile amare una favola senza sentirsene pensati

Dopo aver celato la propria opera dietro la propria opera, uscì fischiettando

Dinanzi a quello che ci incanta diventiamo improbabili

Soltanto ciò che ci anticipa ci fa dimenticare

Balena una frazione in cui le metafore spiazzano l'autarchia delle immagini plastiche: è la tua amata

Chi legge osserva un rigore latente

Non è bello nascondere il proprio talento, soprattutto alle proprie opere

Per vanificare davvero un divieto bisogna sapersi spostare assieme a lui

Con una traiettoria arcuata la frase a effetto sbatté contro la propria causa

Per chi viene perseguitato dallo stile l'ispirazione è l'unica zona franca

I singoli avvenimenti trovano ciò che la Storia non aveva ancora perso

Chi scrive deve arrivare a correggere anche le parole giuste

Protestò contro l'indebita ingerenza delle proprie intenzioni

I filosofi gironzolano attorno all'efficacia

Nello strutturalismo scorre una forma di fato

Mentre infrangevano le tavole della Legge, le ipotesi si sfregiarono con i cocci

È straziante perdere ciò che non si è mai trovato

Una penna trasparente rende la mano invisibile

Il corso della civiltà è pieno di perdigiorno

Andando a ritroso la citazione confonde lungo la strada punto di arrivo e punto di partenza

I paradossi aprono uno spicchio d'indugio

In un'intelligenza sistematica dove sono appesi gli acquarelli?

Ogni repertorio è una bottega degli orrori

In uno scritto ogni parola è un popolo in attesa di cittadinanza

La Storia cammina sugli artisti anteriori

L'abitudine è un nido pieno di trilli famelici

L'ossimoro è un'istigazione alla fratellanza

Il pensiero automatico sposta il proprio perno nel moto

Nell'Eden la tautologia era cleptomane

La dolcezza di un corpo femminile dà metamorfosi prive di figure

Lo spostamento d'attenzione che lo conduce entro l'idea fa dell'oggetto un nomade

Ogni freschezza è un varco tiepido di amnesie

In poesia anche la parola più astratta è panteista

Chi cambia sfiora

Passeggiando, all'improvviso c'è un punto, una sensazione soltanto come un verdetto fresco di creature, e tutta la mente che vi si affanna intorno

Il narrare deve percorrere spazi così vasti da prorompere come un respiro di sollievo

È una festa ventosa quando gli stati d'animo assurgono all'azione

La poesia spezza lo stupore in un arcipelago

Per contare qualcosa bisogna essere un numero

"Subito", un agguato del tempo

La discrezione esita perfino ad esistere

Di notte, quando alla matematica sequenza dei nani la bocca di Biancaneve concede la pausa del linguaggio

Chi lotta con l'aforisma tira alla bocca una coperta che deve restare troppo corta

Nell'impatto con la forma la psicologia esplode in mille pezzi

"Generalizzare", ossia promuovere le proprie impressioni a una più feroce gerarchia

Le accelerazioni dello stile istigano la lettura a un risultato

I versi appaiono come interferenze interiori

Quando si crea, la percezione è la dodecafonia della mente

Gli spifferi infondono teoria

Leggere i classici offre una via d'entrata alla devozione

Guadava il senso a colpi d'immagine

Il caratteristico è la fisicità dell'arte

Pensò che il cielo era la scia dell'intuizione

Tropo e istante si sfiorano sui sentieri della condensazione

I risultati artistici restano sempre ulteriori

Il tipico usurpa la tradizione

L'attenzione è una forma di espressione fondata sullo spazio

Le poesie restano sempre in sospeso

L'eros è una densità in movimento

Non si possono eludere gli animali una volta che ci si è perduti nelle favole

La metafora è una locomotiva che scambia due binari paralleli

I profumi mattutini smascherano i giornali

Chi “deve” leggere sfoglia le pagine come un calendario

La felicità della scrittura rallegra i sensi

Lasciò il resto del mondo come mancia

L’impatto con le radici: un cozzo perpetuo a cui bisogna frapporre un interludio

L’originalità ha bisogno di tirocinio

Chi si cala nella vita degli altri non tocca il fondo

Le frasi lapidarie puniscono gli adultèri del linguaggio

Quando si legge non si ha più posto per le parole

L’attimo va perennemente sopra le righe

La gratitudine artistica è un fare

Gli errori sono i segretari dell'arte

Con i punti di riferimento si va sempre a capo

Guadagnare la via d'entrata è impossibile, perché gli inizi sono sempre gratuiti

Il patetico ha qualcosa di granitico

Per pensare un'idea devi trovarla alla rinfusa

Chi apprende ritrova un tempo vicinissimo

La preveggenza artistica è diventata divulgazione

Fuggendo, l'Opera cancella le proprie tracce a colpi di luce

La disinvoltura non accoglie il fato

Il poeta era dentro di sé per l'emozione

Tutto si può ricondurre, in ceppi, agli schemi

Appena sveglio si rese conto di essere da sempre appena sveglio

Chi attraversa una parola deve avverarla

La letteratura si sta trasformando in filologia

La leggerezza di uno stile sta nel riuscire ad attraversare una lettura senza posarvisi

I rumori notturni credono alla paura

Gli angoli appaiono soltanto dopo l'esperienza di una perdita

Il ritmo trasforma il proprio autore in una pausa

Per essere all'altezza dei classici si alzò in punta di piedi

L'inconsistenza comincia dalle mani

La notizia come ketchup subliminale

Le parole capitano nei personaggi senza accorgersene

"Al dunque", dentro una casa fuggitiva

Le intermittenze consentono le resurrezioni

Chi accumula esperienze diventa sterile

A contatto con la sensazione il drammatico si inquieta

Il tempo è reciso

"Assorto" è chi si leva intento agli amplessi del suo sguardo

Fuori dal pronome personale toccarono il luogo natale

Soltanto le improvvisazioni psichiche trasformano la molteplicità dell'esperienza nella singola parola

A cospetto del caso le opere vive spostano le proprie figure in una fluidità intermedia

Quando si pensa a tutto e a niente si viene commossi dalla semplicità

Chi sa leggere trova mille parole non scritte

I lettori appaiono ai personaggi a ogni lapsus del libro

La mente applica quel che il silenzio crea

I frammenti ospitano l'energia del non ancora all'ombra del non più

Universale resta ciò che non hai ancora consumato

Per te le parole, come animali incantati, guidano chissà dove il piffero della voce

Stanotte Antigone seppellirà tutte queste fole imperfette

Una vita occasionale presuppone delle intuizioni necessarie

Il vero talento evita la disinvoltura, perché sa che è un indugio

Alludere è una cautela degli Dei

Quando trovava scioglieva le mani dentro la sinestesi

Per sopravvivere all'interno delle preposizioni le parole si adattano all'ambiente

L'immutabile spesso ritorna imprevedibile

Alcuni credono che il romanzo sia il galateo dei narratori

Il succedere materializza l'attesa dei ricordi

L'insensatezza ha tocchi tempestosi

Le buone idee vagano per la lingua a tentoni

Ogni parola ha un'eco che deve essere ancora pronunciata

Bisogna appoggiarsi al proprio ritmo fino a mutarsi in un suo suggerimento

Il libro come concentrazione centrifuga

Cercava il senso che si sofferma sul rigo prima di revocarsi

Ormai soltanto il consumismo pone una moneta in bocca ai propri ricordi

L'espressione si sorprende sempre

Talora l'atto del connettere inventa i due termini che relaziona

Quando divora il frutto della rapidità la parola viene scacciata dall'Eden dell'istante all'aforisma

In poesia la cadenza dell'efficacia viene spesso scambiata per la verità

Le gradazioni della luce conservano l'aura dell'infanzia

Ci si accorge della gente distraendosi

L'ironia è una farfalla che si morde la coda

L'illimitato è sempre fuori luogo

A invaghirsi della propria opera si corre il rischio di osteggiarne le varianti

I tuttologi mancano di niente

Dal grande conflitto tra la tecnica ed il talento abbiamo partorito i calciatori

Gli stili che imitano altri stili difettano d'imperfezione

Breve è ciò che, staccato, rivela una lunghezza

In arte la bella è la bestia

Di notte, quando il blu della sintassi si sfa come una treccia

Camminando da soli ci si sente strettissimi

La brevità folgora i concetti che sbadatamente vi si appoggiano

Il rigo sospetta sempre qualcosa

Situare colloca l'appartenenza giusta nell'immobilità sbagliata

La poesia sonda l'intervallo tra la causa e l'effetto

Accanto all'oggetto gli artisti devono diventare indipendenti, anche da se stessi

Temendo l'acidità di stomaco le passioni non ci divorano più

Contemporaneo è chi sente allo stesso piano

L'ispirazione come giardino pensile

Il piacere apprende il talento con le mani nel sacco

L'intensità educa a saper sparire

Andando a capo la parola ritrovata diventa l'estremo futuro

Gli assiomi sono i buttafuori dell'anima

Rinfrescava le proprie pagine col senso dell'ancóra

Chi ben finisce l'opera è a metà del lutto

All'estremità d'ogni frase si apre una deviazione inattesa

I poeti incalzano la sensazione con la scarpetta di Cenerentola

Per trovare la scrittura devi sorprenderla da un'altra parte

Simultaneo è ciò che ti dona mille occhi

Alcuni versi restano impressi come un visto di transito

Gli esperti hanno l'aria un po' offesa

Pazientemente i passati possibili acquistano una forza figurativa

Sulla pagina quello che resta ha la gratitudine dei sopravvissuti

Le vite ai margini vengono consultate come note

In grembo al gesto la direzione delle parole appare all'ultimo istante

Bisogna riuscire a trovare una propria obbedienza per spalancarla dentro le forme

Le illuminazioni sono a dir poco ombrose

I poeti agitano la contemplazione fino a risvegliarne i desideri

Con l'andar del tempo si inizia a trovare il suo ritorno

La precisione della sensibilità è necessariamente dispersiva

Alcune letizie rimestano nel trasparente

Per ospitare le immagini bisogna rendersi vasti

C'è chi s'arresta e chi parte. Tra i due poli l'innumerevole debolezza che tentenna (la quantità dovrà sempre essere opaca? Torna la smortissima dolcezza delle pause, le sostanze...)

Le occasioni perdute si trasformano in fantasticherie ritrovate

Intelligibile è soltanto quel corpo che nel contatto brucia tra la mente

"Finalmente" è già una storia in carne ed ossa

Quel che è toccante sembra senza intervalli

Di notte, quando il respiro caldo della ripetizione non ha predecessori

L'aura infonde un progresso immobile

A poco a poco la metamorfosi tradusse le sue pagine in una veglia imbevuta di colori

Gli artisti non devono mai sottovalutare la nota pratica che risuona nella rarefazione

"Avere un testo": che follia!

L'assenza di spirito divaga poco

Ogni libro è un prologo

Mattinate che imitano il brusio dei bambini, sottovoce

Sul foglio bianco l'intuito diventa uno specchio trasparente

L'istante sopravvive nel cavo di ciò che si perpetua. Non ha appigli o commenti, non dubbi: cala e raggiunge la solitudine di un re con la felicità della freschezza

Quando volti una pagina perdi Euridice

Soltanto la pazienza di chi scrive diventa la foga di chi legge

Le epifanie sono le virgolette dell'arte

Stanchezza nel vento: essere sollevati con la coscienza assoluta del proprio peso

Che lotta mortale tra fascino e malinconia!

Uscendo dalla storia l'epica precipita infinitamente nello spazio

Intuire così bene qualcuno da poterne spegnere l'audio

Attraverso l'epica le immagini acquisiscono un valore d'uso

Riconoscere è un rito istantaneo

Di notte, quando una luminescenza turchina condanna la doppiezza di Pinocchio al mimetismo della carne

Le prime righe hanno l'argento vivo in bocca

Fuggendo dalla luna tutto ciò che la continuità aggiunge non è altro che il proprio inizio offerto dal barone di Münchausen

"Inventare", cioè scoprire l'aria

In ogni singola parola si alternano diversi temi musicali

Il ritmo ha la precisione di una fonte

L'irrisolto è ciò che non si scioglie

A volte quello che non capiamo ci cambia fino in fondo

In "Accogliere" la A disarma la rapacità del prendere come una fonte bianca

Afferrò l'idea prima che lo colpisse

Le immagini fendono l'innocenza come una spuma

Nell'immobilità del foglio bianco la parola divora i propri significati come Cronos

Dinanzi al male i confini non trovano riparo

Il lampo dell'istante rimbomba nell'aforisma con ferocia

La poesia trattiene ciò che si consuma palpitando fino al precisarsi di un estuario

Il grottesco espelle la presunzione delle forme

Doppiata la volontà, la scrittura viene percorsa da un tragitto immobile

Il primo incontro con uno stile è fisiognomico

Si coprì fino al mento con una poesia

Quanta arroganza per poter gridare: "Portabagagli!"

Sul far del sogno il gesto rende possibile l'incomprensibile

Di notte la solitudine si scuce, il giradischi svapora e, all'improvviso, il proprio guanciale è una penna

Il bianco della pagina rimuove i margini

La lirica porta il dopo allo spunto

Nell'attimo della poesia la parola lotta contro il proprio svolgimento

Associare convoca un popolo incantato

È bello scoprire che in alcuni testi a poco a poco albeggia: quelli in cui la freschezza degli elementi irradia un movimento diurno

Lo stupore scompone la Storia

Dopo avere eliminato ogni difetto si accorse di cominciare a scomparire

I libri ti guardano dagli scaffali come occhi interiori

A poco a poco, imparò a immergere le foglie nell'aria

Il periodo ha il senso del tempo

Un'epica senza intreccio somiglia a un bambino che riposi esausto

Accanto alla musica l'istante è una tastiera

Raccontare dà una residenza alle storie

Il caso non ha memoria

Portò il romanzo sulla punta della lingua

L'opera espira il proprio spazio

Quando si ascolta, la poesia riporta l'effetto all'intenzione

Ogni mattina la parola, prima di nascere, canta

L'istante trova il tempo che lascia

Il definitivo è il vero limite della perfezione

Pochi sanno di essere molti

Chi scrive cerca di incrociare lo sguardo del suo oggetto

Gli alberi guidano la quiete a uno scatto dolce

L'istinto accudisce la memoria

Non soltanto gli specchi sanno cristallizzare l'istante in un'opera migratoria

Tutti i simboli sono fata Morgana

Pedinò il libro seguendo le sue orme nel cervello

Tutta la notte a riva di uno schermo: nell'alba cinguettano le antenne

L'eleganza sembra sempre aspettare qualcosa

La compiutezza dei capolavori li fa sembrare non scritti

Ormai è chiaro che l'impulso artistico prorompe verso un punto evanescente (almeno fino a quando analogia e prospettiva organizzano gli stessi spazi fluidi)

La svagatezza è desta a occhi chiusi

Ogni nuova metafora è una pulizia di primavera

Capire un rigo è già una scelta

Il futuro aspetta soltanto i ritardatari

Le passanti sembrano muovere i desideri dell'aria

L'assenza dell'opera non è che riserbo

Di notte, quando sono le pagine a voltarci

Alcuni soffrono per una vocazione non corrisposta

Il passato è un'ipotesi felina: da un'altalena di prede e di finzioni sbuca una grazia interna al movimento

In arte le tendenze sono sempre equivoche

Pensò così velocemente al tempo da superarlo

E se l'inconscio collettivo fosse la metropolitana?

La metamorfosi è metonimia: come tale pulsa nelle cause più che negli effetti

Quanta indigenza nel fantasticare a tempo debito!

La solitudine è una disperazione metodica

Le analogie mostrano quello che non c'era ancora

Il getto poetico fa accadere l'assenza di tempo

La Storia vive età fisiche

Molti libri riassumono una frase

Il poeta è la parabola fosforescente tra l'amnesia e il silenzio

La parola della poesia è una metamorfosi intransitiva

Apostrofe, mucosa dell'unità, la tua ultima sposa

"Adulterio" sembra un recinto per adulti

La donna l'invitò e, spegnendo il televisore, uccise il sonno

Ma quando la copia cessò di essere peccato originale e diventò matematica?

Le donne sognano abitudini sorgive

I solchi in cui scorrono i vostri atteggiamenti un tempo erano idee

Affievolirsi, precipitare vertiginosamente in una totale partecipazione al mondo irta di traumi e di impennate, e poi levarsi: allora si scrive

"Chi sa quando" è una folata di vento

Lo stile ascolta i propri risultati con un sorriso impersonale

Le fantasticherie si adagiano sui bordi della pagina come fiocchi di neve

L'istante muta la parola in scintilla

La poesia recepisce ciò che dimentica. Per questo di notte ci chiama a uno a uno

Ci si strania, come prima ci si avvolgeva nei mantelli

Per esplorare le proprie direzioni un libro deve imparare anche a sbandare

Di notte, quando si è soli, è il frigorifero a muoversi per primo

Ormai la natura è un pregiudizio

Prendere appunti è come rincorrere un treno già partito

Il demiurgo sradica la necessità dai propri segni

I particolari ereditano gli istanti

Prese la rincorsa per spiccare finalmente il balzo, ma, arretrando, scomparve inghiottito dal passato

Il poetico è un oggettivo qualificativo

Per gelosia del libro le singole pagine possono assumere un atteggiamento odioso

Andando dal naturalismo al mito passammo per il quartiere dei saccenti

Le immagini tastano il confine dei nomi

La parola poetica agisce senza andarsi a raccontare

Il lampo dell'intuizione sembra un sempre

Cominciare è tutto. Perfino per chi rinuncia

Restava seduto aspettando che la piazza gli affiorasse sulle iridi

Il flash dell'intuizione illumina una struttura vagante

Gli stati perseguitano la voce dell'organetto

Nei versi scorrono brusii che non rivelano la distanza della foce

Davanti al foglio bianco la memoria è vigilia

Sacrificò i propri aforismi all'anamorfosi

Lo stile converte l'opera al sincretismo di un flauto

Il vento dette gli ultimi ritocchi al suo sguardo

Era stato condannato a delle sentenze poco capitali

L'unico mutamento che non sia comparativo, cioé connaturato alla memoria, è lo splendore

Tante volte per essere veramente capiti bisogna venir fraintesi

Il gettito di un aforisma deve essere sempre fluviale, perché la diga è il tempo

Accedeva al pallore come a una radura interiore

Immagine, aureola dell'oggetto

Si presentò alla donna. O le si futurò?

Ti accosti alla tua visione: acqua piovana sopra una tavolozza